心の散歩道

その2

谷口恵美子

心の散歩道　その2　目次

ひととき 12
人生の中で 14
こころ 16
ふるさと 18
古い家 20
美しい星 22
紅《あか》い一輪 24
花ひらく 26
赤ちゃん 28
生かされて 30
冬のプラットホーム 32
弟がほしい 34
揚羽蝶 36
花の色は 38
この道を 40

ひとりごと　42
つゆくさ　44
みどりの庭へ　46
小さな波紋　48
朝の音　52
手を振って　54
ふしぎ　56
虫干しの日に　58
人のために　60
小さなリボン　62
人生　64
見えないもの　66
良心　68
今朝もまた　70
青空　72

笑顔 74
愛するとは 76
遠い国 80
一本の道 82
残照 84
やさしい言葉 86
詩をつくって 88
去りゆくものは 90
美しい花は 92
感謝 94
ひとりひとり 96
水仙 98
美しくなる 100
鳥 102
お母さんの声 104

子は思う　106
立ち止まって　110
日曜日の夜　112
月と星と　114
数えてみれば　116
安らぎ　118
旅の二人　120
どうしてなの　122
ほめられて　124
帰路　126
よろこびの日　128
見守られて　130
わたしの孫　132
子雀さん　134
朝日をうけて　136

落花生　138
チャンス　142
池のほとり　144
真白なページ　146
思いやり　148
うつくしい世界　150
締切り日　152
しじみ貝　154
わたしのおもい　156
白い牛　158
いつの日も　160
ひなげしの彼方に　162
たのしみ　164
冬の夜　166
ウサギの影　168

市松人形 170
きのうきょう 172
成人の日 174
きびしさ 176
若者よ 180
朝顔 182
生かされて 184
いただきもの 186
小さいお魚 188
影 190
思うこと 192
出会い 194
小さなことでも 196
そのうちに 198
働き者の手 200

おまいり 202
あたたかさを 204
赤い花 206
恵まれて 208
ありがたいこと 210
支え合い 212
ありがとう 214
孤独 216
星たちの世界 218
時の流れの中で 220
あとがき 222

カバー挿画・題字……著者
本文イラスト……宇治摩耶

心の散歩道　その2

ひととき

言葉を
短かく切って
並べれば
詩になると
思うわけでは
ないけれど

今日も
言葉を
短かく切って
並べ
心の中を
眺めてみる

人生の中で

美しいものを
見つめた一瞬の
ときめきを
シャッターで捉《とら》え

ときには
心の中に
あたためていたものが
はじけて
詩の最初の
一行となる

人生の中の
さらに美しいものを
見つける宿題が
終わらないので
わたしは　まだ
生きている

こころ

「カラッポの心になりなさい」
いつか父が云った言葉
「物がつまっていては
入るものも入らない」

さまざまなざわめきを
心に貯《た》めるのをやめて
カラッポの心になり
高い空を仰げば
やさしい光が射し込みます

今日一日の出来事が重すぎても
神にゆだねて
小さなよろこびを数えながら
「ありがとう」と云って
ねむります

ふるさと

昔をしのぶものが
見当らないほど
家並みも変わり
昔なじみも
ほんの少し

それでも
わたしは
この土地を
ふるさとと
決めましょう
十一の歳《とし》から
お世話になった
土地だから

子供達を生み
孫たちもいる
町だから

古い家

古い家のキズあとは
思い出すと
「あの子の仕業だ」と
なつかしく

机に置いたエンピツが
ころがっていった
床のゆがみにも
あの子の
勉強の後姿が
思い出される

子供の頃に
半年しか住まなかった
孫さえ
たまに来ると
「なつかしいな」と
部屋の中をのぞく

美しい星

テントウムシは
背中の
美しい星を
数えたことも
見たことも
ないらしく

ナナホシテントウさん
と呼んでも
知らん顔して
飛んでゆく

人間も
いくつかの
美しい星を
心にちりばめて
生まれたのに
気付かないで
いるかもしれない

紅《あか》い一輪

咲かないものと
あきらめていた
日陰の
サザンカの木に
紅《くれない》の小さな
一輪を見つけた

このよろこびは
母が
わたしを妊《みごも》ったと
知ったときの
よろこびに
似ているかもしれない

花ひらく

冬ぼたんのつぼみは
わずかに
紅色をのぞかせはじめ
夜は部屋に入れ
昼は日向《ひなた》に

そして今朝
紅《くれない》のはなびらが
ふわっと動きはじめ
黄色いしべが見えました
わたしは受話器をとり
贈り主に
「今
咲きましたよ
ぼたんの花が」

赤ちゃん

大切にしてあげてください
お腹の中の
小さな小さな赤ちゃん
一ヶ月　二ヶ月　三ヶ月
お母さんの心臓の音に安心して
毎日毎日育っています

四ヶ月　五ヶ月　六ヶ月
お母さんの語りかけに耳をすまし
七ヶ月　八ヶ月　九ヶ月
可愛い肱《ひじ》や足で
お母さんをくすぐり
十ヶ月でこんにちは

あなたも
わたしも
小さな小さな赤ちゃんでした
神様からいただいた
赤ちゃん
大切にしてください

生かされて

いつの間にか
あとつぎが
生まれていました

白玉椿の下に
あたらしく
生まれた
双葉が光っています
万両《まんりょう》も
あちこちに
芽生えました

やさしい
木洩《こも》れ日は
土のしとねを
ほんのりと　あたため
幼い木は　今日も
少し伸びたようです

冬のプラットホーム

赤ん坊は
すっぽりと
お母さんの
赤いオーバーの
中にかくれて

まるで
カンガルーのような
お母さんが行く

そこだけ
あたたかい
空気が
ただよう
冬のプラットホーム

弟がほしい

「お兄ちゃんは　いいなぁ
お姉ちゃんも弟も
いるんだもん
ボク　弟がほしいな」

ママは笑顔で云いました
「その弟が　また
ボク　弟がほしいなぁ
と云ったら
どうしましょう」

首をかしげた子は

「ボク
双児だったら
よかったのになぁ」
と小さな声で云いました

揚羽蝶

二ヶ月前には
指先に乗るほどの
幼虫でしたのに
いま
まばゆく
うつくしい
蝶になりました

羽化の途中で
みにくいサナギに
変化して
身を守ることも

未明に
気付かれないように
羽化することも
教えられなくても
知っているのですね

さあ
青空に飛び立ち
好きな花を
探してください

花の色は

冬の庭は
花の色もなく
虫の音も消え
すずらん
えびね
はなしょうぶ
いずれの葉も
枯れ色になり
地にひれふす

枯れたように
見える葉は
母のように
あたたかく
新しく芽吹く
若い生命《いのち》をかばい
花ひらくのを
見とどけて
土にかえる

この道を

小さな黒いアリたちが
石段の途中を横切り
仲間に出会うと
挨拶をしている

「ごきげんいかが」
「アイム　ファイン」
「じゃ　またね」

人に踏まれて
つぶれたらしい
仲間がいると
「あなた　どうしたの
かわいそうに」

次に来たアリも
つぶれた仲間に声をかけ
ヒゲでそっとさすってゆく
これからは気をつけて
この道を通らなければ

ひとりごと

けやきの落葉を
すき込んでいる庭土は
さくさくと軽く
スコップを入れると
ミミズが
出てくる

「あなたは
ただ生きているだけで
役に立っているのですね」
くねっと跳ねるミミズを
大いそぎで土の中に
しまい込み
買ったばかりの
黄色いヴィオラを
植える

つゆくさ

つゆくさの青は
空の青より
濃く
昼を待たずに
しぼみます

つゆくさは
野にあってこそ美しく
手折って
水に挿せば
悲しげに
黄色いしべを
しまい込む

野にある花は
そのままに
露のある間に
咲かせましょう

みどりの庭へ

「カマキリさん
お庭に行きなさい」
と言っても
茶色のカマキリは
雨戸にしっかり
つかまって出てゆかない

「お庭に行けば
花も虫もいて
あなたは
美しいみどり色に
戻れるのよ」
と追っても
いよいよしがみつく

まるで
神様の
愛が
わからない
人のようです

小さな波紋

バケツにたまった
雨水に
小さな波紋が
うごく

おや
何か　おぼれている
濡縁《ぬれえん》から手をのばし
バケツを引寄せると
小さな
黒い虫が
もがいていた

笹の葉を
そっと差出し
拾いあげる

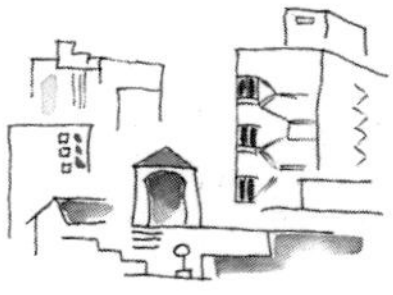

朝の音

一粒もこぼさずに
お米をとぐ

さくさく　ざくざく
お米をとぐ音
幸せの音

白米よりも
七分搗《づ》きの方が
頼もしい

一粒もこぼさないで
神棚にお供えして
榊《さかき》の水を替える

孫たちも　そろい
朝六時半
おまいりの
柏手《かしわで》がひゞく

手を振って

「おばあちゃーん」
バスに乗ろうとして
思わず振返ると
四年生の孫が
走りながら
手を振っている

窓から見ると
まだ手を振っている

「おばあちゃーん」と
云う声は　もう
聞こえないけれど

毎朝逢っている
私も孫も
見えなくなるまで
手を振りつづける

ふしぎ

まだ少女の頃
母を知っている友は
わたしに
「お母さま似ね」
と云い

父も母も知っている人は
「お父さまに似ていらっしゃる」
と云った

どちらにも似ていて
どちらとも違う自分に
とまどいながら

自分らしさを
見出したときは
すでに
ななとせ

なぜか
末の孫娘は
わたしの母に似ている

虫干しの日に

利休色《りきゅういろ》の
父の羽織を
ひろげると
裏地の絵模様は
松原の景色

無地の羽織の
人目にふれない
裏地に
美を秘めて
さりげなく着ていた
父の羽織

虫干しの日に
ゆっくり
たたむ

人のために

多忙な父とは
ゆっくり話し合う
時間はなかったけれど

父の
ほんのひとことが
心の底に沈み
同じ場面で
浮かびあがる

原稿を見てもらった
若い頃
「あなたの字は
不深切な字だ」
と一度云われた

「活字を拾う人のため
読みやすく書いて
あげなければいけない」

原稿を書く仕事を
生涯つづけた父は
いつも正座して
丁寧な
一字一字を
書きつづけられた

小さなリボン

かけぶとんに
白いカバーを
かけながら
ふと思い出すのは
母の言葉

「上の方の目印に
赤いリボンを
つけましたよ」

すべてのものに
上下のあることを
さりげなく

今も
心に残る
小さなリボン

人生

中途はんぱな
煮方では
お芋がおいしくないように

中途はんぱな
まぜ方では
ぬかみそが
よい味にならないように

中途はんぱな
生き方では
味のない人生になる

見えないもの

「流しに
熱湯を
捨ててはいけませんよ
流しの神様が
熱いでしょう」

何十年も前の
母の言葉を
今日も思い出し

湯気の立つ
インゲンの茹汁を
そっと
水の入ったボールに
流しました

良心

ひとりひとりに
両親があり
ひとりひとりに
良心がある

ひとりひとりは
両親に
みつめられ
ひとりひとりは
良心に
みちびかれ
ひとりひとりは
助け合い
生きてゆく

今朝もまた

朝
ふと目覚めて
ベッドの中に
眠っていた
わたしを
不思議に思う

七十年も
生きてきた
わたしが
今朝も
まだ
生きている

やっぱり　これは
生かされていると
いうほかはない

窓の外にさえずる
小鳥たちと
同じように

青空

髪に白いものが
まじりかけても
心の中は
あの澄みきった
青空

白銀のつぼみを
ツンと立てた
白木蓮が見ている
青空
澄みきった
青空

笑顔

久しぶりに逢った
友は
「孫のお守りは
重たくて
くたびれますわ」
と云いながらも

ご一緒に暮していられる
幸せが満面にあふれ
あたたかい
かげろうの中に
白い髪が
輝いて見えました

愛するとは

愛するとは
その人を
大切に思うこと
愛するとは
その人の
魂の美しさを
見つめること
花の盛りも
紅葉の
散りゆくさまも
うつくしいと
讃えるように
そのままを
見守ること

遠い国

広々とした
メキシコの遺跡を
歩いてゆくと
日本人と見て
「安いよ　安いよ」
と呼びかけてくる

案内の人は
「安くないですよ」
と小声でささやく

一つだけ
覚えた
日本語なのか

首飾りを
差し出す
はだしの少年

一本の道

ブラジルの広大な
麦畑の中を
一本の道は
ひたすら真直に
どこまでも走る

わき見をさそう
人家も見えず
数台の対向車が
行き過ぎるだけの
六時間

広い麦畑を刈る人は
どこから来るのか
ひたすら走る車の中で
わたしは
目に見えない
人々の姿を思う

残照

黒く弧を描いた
海岸線のむこうに
燃えるような
残照が
いつまでも消えない
不思議な
サルバドールの夜
あれは夢のような思い出

翌日
船で沖に出て
「虹ですよ」と
あの人たちと
微笑み交わした
風景も

夢のような思い出

けれども
忘れてはいません
民族を超えて
神の子の真理を
よろこび合った
人たちのことを

やさしい言葉

植物園の帰りに
夫と電車に乗ると
空いた席が一つ
「どうぞ」
「あなた　どうぞ」と
譲り合っていると

隣の席の娘さんが
さりげなく立ち
「どうぞお二人で坐ってください」と
入口の方に行く
「どうもありがとう」
娘さんは次の駅で降りるのかと
見ていると
次の駅でも又次の駅でも次の駅でも
立ったまま
「お二人で坐ってください」
今日はあたたかい日でした

詩をつくって

詩をつくり
すぐ題がきまると
落着くのに
ときには
題が浮かばない
この詩は
「無題」としようかな

その詩を
夫に見せて
「題が浮かばないの」
というと
読み終えた
夫は
ひとこと
「無題」

去りゆくものは

「左手の窓に
富士山が見えます」
乗務員の声に
窓の外を見る

「あっ　富士山」

大いそぎでカメラに
フィルムを入れる
富士山は　すでに
真正面に来ている
シャッターを押す

富士山は
後方に去ってゆく
もう一度
シャッターを押す

ほっとしたとき
去りゆくものは
わたしだと気付く

美しい花は

チューリップが
元気に
咲きそろったのは
寒中に
じっと
がまんをしたから

君子蘭が
見事に咲いたのも
霜が降りる頃まで
外で
寒さに耐えたから
早く部屋に入れて
甘やかすと
本当の
美しさが
見られない

感謝

脳死の人から
心臓をいただいた方は
「大切にしたいと思います」と
心から
感謝していらしたのに

わたしは
親からいただいた
正常な心臓に
どれだけ
感謝していたでしょうか

感謝する心は
人間だけに
与えられた
うつくしい
心ですのに

ひとりひとり

なぜ人は
絵を描きたいのか
不思議に思いつつ
わたしも絵を描く

水仙を描き
椿を描き
シクラメンを
見つめる

友人は
フランスの城を描き
孫娘は今
竹を描いてる

ひとりひとり
好みは違っていても
心たのしく
描いている

水仙

水仙の花を
写生していましたら
ふと
水仙が
しゃべりましたよ

それは
声ではなくて
ほのかな
香りで

「うれしいわ」とも
「ありがとう」とも
聞こえて
思わず
ほほえみました

美しくなる

一人一人は
それぞれ
絵になる
人ばかり

野に咲く
草花も
絵になる
ものばかり

神さまに
愛されているので
みんな
美しくて

ほめて
あげれば
なお
美しくなる

鳥

マガモ
カルガモ
ユリカモメ
つややかな
羽の模様よ
飛び交う姿の
美しさよ

水面を
流れるように進む
軽さよ
どこに住めばよいか
知っている
賢さよ
もう
北へ帰るのですね

お母さんの声

「止まらないで
真直ゆきなさい」
雑踏の中で
お母さんらしい声

そう
わたしも小さいとき
立ち止まって
迷子に
なったことがある

あの子も
この子も
立ち止まっては
お母さんの
あとを追う

ほら
カルガモの子も
お母さんの
あとを追って
走ってゆく

子は思う

生まれながらに
悪い子なんて
ひとりもいない

親に
愛されていると
心のどこかに

信じられるものが
あれば
それに応えたいと

けなげにも
親がよろこぶことを
したいと子は思う

立ち止まって

「自分を中心に
地球が廻っていると
思ったら
大間違いだ」

かるく発した
わたしの言葉への
夫のひとことは
きびしいと思ったけれど

それからは
心の中で立ち止まり
少しはやさしく
なれたかもしれない

日曜日の夜

オーケストラの
心地よい響き
指揮者の
タクトに
呼吸を合わせ
数十人が弾く

地球の中の
すべての武器を
さまざまな楽器に
取り替えて
美しい音色を
楽しめばよいのに

いつもそう思う
くり返し同じことを

月と星と

雨戸を開けながら
わたしは夫に言いました
「三日月が出ているわ
すぐそばに
星が一つ並んでいて」

「星は月より
ずっと遠くにいるんだよ」
「あら、そうなの
並んで見えるのにね」

今朝もわたしは
一つ覚えました
いつも何か教えてもらって
生きています

数えてみれば

「行ってらっしゃい」
「お帰りなさい」
夫とわたしは
握手をする
真冬には
決まった時間のお帰りに
手を温め

急いだときは
「冷たい手でごめんなさい」
というと
「冷たいのは貴婦人の手だよ」
と夫はニッコリ

はじめて握手をしたのは
いつだったのか
「ことしは金婚式ですね」
と人にいわれて
「そうですか」
と数えてみる

安らぎ

あなたの弾いた
ショパンのワルツ
わたしの弾く
バッハのアリア

部屋の外に
かすかに聞こえ
夜を迎えて
消えてゆく
誰に聴いて
もらうわけでもなく
いつも心に
安らぎを与える

旅の二人

新幹線の窓から
過ぎてゆく
広い空を眺めながら
わたしは夫に

「あの重そうな
黒い雲は
どうして
落ちないのかしら」
と問うと
「それは
偉そうに見えても
偉くない人が
いるようなものだ」
と答えました

どうしてなの

バスの中で
可愛い
赤ちゃんが
わたしの顔を
見つめて
にっこり笑いました

知らない
おばちゃんなのに
どうしてなの
と思ったら

わたしが
にっこり
ほほえんで
赤ちゃんを
見ていたのでした

ほめられて

夕食のとき
夫は
わたしの顔を
見ながら
「この頃
あなたの笑顔が
美しくなった」
と言った

「あら、そう」
と答えながら
喜寿を過ぎた
わたしへの
夫の言葉を
忘れずに
いたいと思う

帰路

地下鉄を出て
帰路をいそぐと
二十メートルほど先に
行く人が
何か拾って
ゆっくり行く

ふたたび
その人はかがむと
空缶を拾い
ベンチの横の
屑篭に入れて
ゆっくり歩いてゆく

「おや
誰かと思ったら
あなた」
わたしは小走りに
夫を追う

よろこびの日

母からゆずられた
桐の箪笥《たんす》の小引出に

「寿」と上書《うわがき》した
小さな箱が四つ入っていて
中には四人の子の
それぞれの
へその緒《お》

軽やかな小箱を
久しぶりに手にとり
「寿」の字を
ながめつつ
遠い昔の
よろこびを想う

見守られて

あんなに小ちゃいのに
歩いているわと
よちよち歩きの子を
不思議に思って眺める

五十年前には
私の四人の子たちも
あんなに小さかったことを
忘れて

今では息子や娘ばかりか
ときには孫までが
「大丈夫ですか」と
声をかけてくれる

わたしの孫

孫は十六人とばかり
思い込んでいた
わたしは

孫息子に
いま嫁いできた女《ひと》が
十七番目の孫と
気付いて
思わずほほえみました

孫十六人の
誕生日を覚えている
わたしは
これから何人まで
覚えられるでしょうか

子雀さん

親と同じくらいの
大きさになったのに
まだ甘えている
子雀さん

いつまでも
口を開ければ
入れてもらえると
思ってはいけない

そのパン屑を
親の真似《まね》して
ついばんでごらん
わたしの
おせっかいかな
雀の親は
人間より
子離れが
うまいかもしれないのに

朝日をうけて

庭に出ると
レンギョウの黄色が
朝日をうけて
輝いている

「あなたは
歓喜ね！」

思わず叫んだ
自分の声に
おどろいて
あたりを見まわし
ほっとして微笑む

落花生

落花生が
編みものをしている
土の中で

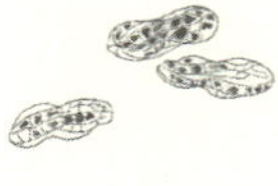

双児の豆の
太るのに合わせて
しずかに
編み目をふやしてゆく
殻付きの落花生を
手にすると

目に見えない
鼓動が
聴こえるようで
殻をやぶるのを
ためらう

チャンス

カメラを持って
出かけ
途中で見かけた
花を
帰りに写そうと
先を急ぐ

帰り道の
花は
もう日陰になって
表情が暗い

今という時は
今しかないのに
またチャンスを
逃がしてしまった

池のほとり

池のほとりで
景色を写生する人
花や鳥に
カメラを向ける人

人々のまわりに
至福のときが
ながれる

声なき声の
きこえるとき

生かされている
いのちといのちが
通い合うとき

睡蓮の
葉がゆれて
カメが
顔を出す

真白なページ

あたらしい日が始まる
朝

何も書かれていない
真白なページ

一日の終わりに
何が書かれるのか

小さな日記は
待っている

わたしだけの
ひとりごと

「赤ちゃんを抱いた人に
席をゆずりました」

思いやり

差出した
写真を受けとって
姑《はは》は
「今日は眼鏡がないから
帰ってから見ましょう」

遠いあの日は
「せっかくお見せしたのに」
としか思わなかった
若さでした

「若いということは
恥しいことです」
と言った人の言葉も
今は
うなずけるようになって

うつくしい世界

素朴な木を
彫ってゆくと
やがて
仏様が現われて
仏像となる

人の心も
見つめてゆくと
生まれたての
清らかな
姿が見えてくる

合掌し合うとき
そこに
うつくしい世界が
現われる

締切り日

詩の原稿の
締切り日が
間近くなると
かえって
他の用事を
せっせとする

詩人でもないのに
なぜ
詩を書いて
出すことに
なったのかと
不思議に思う

けれども
締切り日は
いつも　わたしを
真面目に
生きよと
はげましてくれる

しじみ貝

黒い　つややかな
しじみ貝が

台所の隅の
バットの中で

与えられただけの
水にひたりながら

うすっぺらな足を
伸ばして動いている

「もうすぐ
お味噌汁になるのね
ごめんなさい」

すると　一ぴきが
ピッと水を吹いた

わたしのおもい

なぜ牛肉を
たべようとしないのかと
たずねられたら
答えるでしょう
「幼いときより
父も母もたべなかったから」と

あのやさしい　おだやかな目をした
牛を殺してたべなくても
と　今もわたしはおもう

海にかこまれた　ゆたかな国に
生かされているので

少しでも　心に痛みを
かんじないものを
いただけたらとおもう

白い牛

むかし
ブラジルで見た
堂々とした
白い牛は
おだやかな
やさしい目をしていました

このあいだ
美術館で見た
奥村土牛の
白い牛の絵は
神々しいばかりの
清らかさで

わたしは
「聖牛」
という題の
絵の前を
立ち去りかねていました

いつの日も

どの国に生まれ
どんな家に育つか
人はそれぞれ
違った人生を歩む
驕《おご》ってはいけない
卑下してはならない

与えられた
今日の日をよろこび

草や木が
太陽に向って
伸びるように
笑うように
素直に生きよう

ひなげしの彼方に

緋色《ひいろ》に波打つ
ひなげしの園を
老女を乗せた車椅子が
ゆるりゆるりと行く
押しているのは
息子らしい年頃

やがて
母の姿は
緋色の中に没し
息子の背のみ
ゆるりゆるりと
遠ざかってゆく

かつて
母が乳母車を押した
道なのか

二人の姿は
もう見えない

たのしみ

七十の手習いで
ピアノをはじめた夫に
さそわれるように
久しぶりに
月光の曲を弾いてみると
一オクターブの
感覚すらにぶっている

練習を毎日つづけるうちに
新しい小さな曲に
出会うのもたのしくて
「あなたのおかげです」
と夫に云えば
「ピアノとカメラと
同じものが好きでいいね」
と答えられる

冬の夜

シューベルトの
アヴェ　マリアを
ピアノで
静かに
弾きはじめると

幼い頃に
毎晩　この曲を
聴きながら
眠りについたことを
思い出す

遠い昔
父か母かどちらが
蓄音機を廻して
レコードを
かけてくださったのか

わたしは今
父母の心を
想いつつ
いつまでも
ピアノを弾いていた

ウサギの影

夜空に高く
かがやく月に
あこがれて
お月さまが
ほしいと思った
幼い　わたし

人が月に
着陸したという
いまも

幼心のままに
満月を仰げば　ふと
ウサギの影を見る

市松人形

七歳のお祝いに
買ってもらった
市松人形の名は
寿子《ひさ》ちゃん

右頬《ほお》に小さなキズを
つけてしまったけれど
やさしい顔で
六十年余り立っている

朱色地に鶴の模様の
振り袖を
そっと返すと
内側は昔のままの
あざやかな色

わたしも
昔の七歳に還《かえ》り
若い父母の
ほほえみの中にいる

きのうきょう

子供たちが
小さいときは
小さい心配を
いくつも
重ね
大きい悦びも
数かぎりなく
与えられ

子供たちも
孫たちも
伸びやかに
心も背ものびたいま
わたしが小さく
見えるのもうれしくて
ただニコニコと
ほほえんでいる

成人の日

娘が着ていた
振袖を
今日は孫娘に
着せました

娘よりも私よりも
背の高い
晴れ姿は
まぶしく

あの寒い日に
抱き上げた
小さな生命《いのち》を
思い出しました

きびしさ

親のきびしさが
哀しいほどの
やさしさで
あったことを
ほほえみながら
うなずけるのに
何と長い
歳月が過ぎたでしょう

わたしの背丈を越した
孫娘が
父親がきびしいと
大したことでもないことを
話すのを
なつかしい物語のように
今わたしは
聞いてあげています

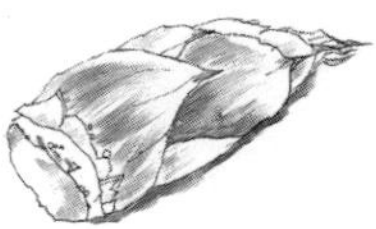

若者よ

ペンキに汚れた服を着て
高い梯子《はしご》の上で
はげた看板を
塗《ぬ》っている
若者よ

無心に刷毛《はけ》を
動かしているのですか

金文字を避けて
巧《たく》みに塗る
刷毛の先が
見る見るうちに
はげた看板を
新しくしてゆく

小さな刷毛の先が
街を美しくしてゆく

若者よ
ありがとう

朝顔

朝顔は　ひたすら
上へ上へと伸びてゆく
行燈《あんどん》仕立ての竹を
横に這ってほしいのに
横に向けても　また
上へ上へと伸びてゆく

生きている　いのち
生かされている　いのち

真夜中にも
ゆっくり　ゆっくり
蕾《つぼみ》をほどき
朝の光を待っている

生かされて

わたしはポプラ
ひたすら
天に向かいます
わたしはヤナギ
ゆらゆら
風とあそびます

わたしはアサガオ
朝のひととき
ほほえみます
わたしはハボタン
寒い庭を
かざります
わたしは人間
地球を想って
祈ります

いただきもの

「いただきものですが
いかがですか」

何本も届けられた
筍を
おわけしながら
ハッと気付きました

すべてが
神さまからの
いただきもの
わたしのものは
何もなくて
わたし自身も
いただきもの

小さいお魚

「こんなに
小さな
お魚の赤ちゃんを
食べてもいいのかな」
ごはんの上にのせた
チリメンジャコ

わたしの家の水槽に
泳いでいる小さな
メダカの子と
同じくらいなのに

何か食べなければ
生きてゆかれない
哀しさが心をよぎり
そっと
合掌して
いただきます

影

地面に映る
自分の影を
ほんとうの自分と
思えば

昼には
背が低いと
歎き

夕方には
やせ細ったと
悲しみ

雨の日は
死んでしまったと
泣かねばならない

影は
自分ではなく
影は影
いつでも消えるもの

思うこと

木に打つ
釘の
たしかさ
美しさ

出過ぎても
引っ込みすぎても
いけないと

すべてのことに
今なお
未熟なわたし

人に話す
言葉の
やさしさ
たしかさも

出会い

三冊の本を
買う予定で
本屋に
行ったのに

それとは
別の
三冊の本を
手にして

いつもの道とは
違う道を
歩いてゆくと

知らない家に
知らない花が
咲いていた

小さなことでも

目に見えて
美術品のように
残らないけれど
花を活け

葉っぱの
一枚も
捨てない
料理を心がけ

毎朝　家の前を
掃除して
ついでに隣りの前も
ちょっと掃く

小さなことでも
うれしい
人たち

そのうちに

そのうち
片付けたいと
思うものは
いくつもあるけれど

片付けるつもりの
ないものの
一つは
子どもたちや
孫たちの
初湯《うぶゆ》に使った
木の盥《たらい》

そのうち
曾孫《ひまご》に
使うかもしれない

働き者の手

ゴム手袋の
右手が　また
破れてしまった
「右手って
働き者なのね」

庭仕事に
拭き掃除に
そして
字を書くのも
お箸を使うのも
「みんな　わたしは
右手ですもの」
そう思ったとき
ハッと気付きました
左手が　いつも
支えていてくれることを

おまいり

夫と二人
毎月おまいりする
両親のお墓は
いつも　どなたかが
お掃除をしてくださり
お花が絶えない

お墓の右側に
南天がほしいと思うと
ヒヨドリが
その位置にタネを落とし
いま
赤い実がなっている

今日は
デンデンムシが
おまいりしていました

あたたかさを

人の行きかう
寒い路上に
うずくまって眠りこけている
浮浪者の顔は見えないけれど
汚れた左手のくすり指の
指輪だけが
にぶく光っていた

そのむかし
「二人で幸せに暮らそうね」
きっとそう云って
指にはめたに違いないのにと
想像すると
幾日もその姿が忘れられないで
早く　あたたかい日が
来るとよいと思う

赤い花

アロエの花が咲いた
思いがけず
見つけた
赤い花

あたたかい地方でなければ
咲かないと思っていたのに
一輪　ツンと咲いた

軒下に植えて
葉ばかりふえる姿は
この庭に似合わないと
思っていたのに

アロエは　いつのまにか
この庭の
住民の顔をしていた

恵まれて

年の暮に
一つ　また一つ
捨ててゆく
尺貫法の
料理のノート
古い家計簿

けれども
捨てられない
物の多いこと
父の書かれた
育児日記
母の日記

夫の手紙に
幼い子らの絵
思い出の写真

何一つ持たずに
この世に生まれた
わたしなのに

ありがたいこと

「あたりまえが　ありがたい」
悟ったように思った
あの瞬間は
「あたりまえ」に対して
不遜でした

すべてが
「あたりまえ」ではなく
「与えられ　生かされている」

今
そのことが
ただ
ありがたいと思います

支え合い

人は
何一つ持たずに
この世に生まれ
やがて去る

生きてゆくのに
物やお金は
ほどほどに
あればよい

生きていることが
誰かの
よろこびであれば
それでよい

支え合う
ほのかな
よろこびが
愛というもの
かもしれない

ありがとう

今　言わなければ
ならない言葉
「ありがとう」

この次　言うつもりの
「ありがとう」は
あの人に
とどかないかもしれない

何べん言ってもよい
言葉
「ありがとう」

心の底から
感謝をこめて
「ありがとう」

孤独

孤独な人は
いない
その日
誰にも
「ありがとう」を
言えなかっただけ

ひとりで
お茶を飲んでも
湯呑を作った人に
「ありがとう」と
言えれば
寂しくない

人のあふれる
雑踏の中で
孤独を感じるのは
その日
誰にも
「ありがとう」を
言わなかったから

星たちの世界

うつくしいものも
みにくいものも
しだいに
かたちがうすれ
すべてをゆるし
うけいれて
日はくれてゆく
よるは
星たちの世界
ライトアップを
しないで
おやすみなさい

時の流れの中で

ケヤキの巨木は
傍に寄ると
太い幹の中に
流れる水が
聞こえるよう

苔のついた古い皮を
静かにはがしながら
毎年
一まわり
大きくなってゆく
わたしも
静かに
固くなった心を
はがして
あたらしい年を
歩みたい

あとがき

年月の過ぎてゆくのは早いもので、詩集〝心の散歩道〟の第一集が出版されてから八年が過ぎました。その後も、ふと思い出したこと、小さな生命へのいとしさ、大自然の中に生かされている有難さ、家族への想いなどを詩や写真に托してまいりました。

この十月十日には満八十歳となり、傘寿ということで〝心の散歩道〟の第二集を出していただくことになりました。

年を重ねるということは、沢山のことを知ったということではなくて、ごく身近なことしか知らない自分の発見でもありました。年ごとに「生かされている」という想いが強くなります。その年にならなければ分からないことも多いと思いますと、これからも楽しみです。

これまでの人生が、父のひとこと、母のひとこと、夫のひとことによって、励まされ、支えられていたことを改めて感じております。そして四人の子供と十六人の孫に恵まれましたことは何よりの喜びです。

今年の四月には初曾孫も誕生いたしました。美しい地球がこれからも保たれ、次世代の人たちが愛深く生きてゆけますように祈る日々です。

最近は、ふと通りかかった道の落葉にも心ひかれてスケッチをすることもあります。その一枚をこの本のカバーに使いました。

今回もカットを宇治摩耶様にお願いできましたことを心から感謝しております。

平成十五年九月十日

著者

心《こころ》の散歩道《さんぽみち》　その2〈傘寿記念出版《さんじゅきねんしゅっぱん》〉

平成15年10月10日　初版発行

著　者●谷口《たにぐち》恵《え》美《み》子《こ》

発行人●岸　重人

発行所●株式会社 日本教文社

〒107-8674　東京都港区赤坂9-6-44

電 話03-3401-9111（代表）　03-3401-9114（編集）

FAX03-3401-9118（編集）　03-3401-9139（営業）

振替　00140-4-55519

頒布所●財団法人 世界聖典普及協会

〒107-8691　東京都港区赤坂9-6-33

電話03-3403-1501（代表）

振替　00110-7-120549

印刷所●株式会社 光明社

製本所●牧製本印刷 株式会社

ISBN4-531-05232-3